जापानी लेखक मुराकामी से प्रेरित

यहीं कहीं...बहुत दूर

मोहन महर्षि

वाणी प्रकाशन

वाणी प्रकाशन
'लोगो' वाणी प्रकाशन : मक़बूल फ़िदा हुसेन

वाणी प्रकाशन, 4695, 21-ए, दरियागंज, नयी दिल्ली-110002
वाणी प्रकाशन, अशोक राजपथ (पटना कॉलेज के सामने), पटना (बिहार)

YAHIN KAHIN...BAHUT DOOR

by Mohan Maharshi

Play

ISBN : 978-93-5000-294-0

प्रथम संस्करण

मूल्य : 95/-

वाणी प्रकाशन
फोन : 0091#11#23273167, फोन व फैक्स 23275710

वेबसाइट : www.vaniprakashan.in

ई-मेल : vaniprakashan@gmail.com

आर.टेक ऑफसेट प्रिंटर्स द्वारा दिल्ली-110095 में मुद्रित

Characters

Simran : An aspiring writer in her early twenties

Vaijayanti Kamat : A business woman in late thirties

Ishwar Dutt : A young university teacher

Police Inspector : Approximately 50 years. Of age

In addition, one or two male characters will be requitred.

[A youngish man is sitting alone in a restaurant, waiting. Enters a middle aged woman, removes her sunglasses, heads straight to the man waiting.]

वैजयंती : मुझे देर हो गयी। पुलिस स्टेशन जाना था। बहुत सा पेपर वर्क...वक्त लग गया...फिर मुझे यह भी था कि शायद आप आज नहीं कल आएँगे...मुम्बई से यहाँ...इस टापू पर...

ईश्वर : यहाँ पहुँचना टेढ़ी खीर है। किसी तरह manage किया...यह पुलिस का क्या मामला है?

[The woman looks straight in the eyes of the man and smiles.]

वैजयंती : हम किसी ठीक सी जगह चलें, जहाँ कुछ खाने को मिल सके.. मैंने ब्रेकफास्ट के बाद कुछ नहीं खाया। आपको भी भूख लगी होगी?

ईश्वर : बहुत ज्यादा।

वैजयंती : ठीक है। यहीं कुछ मँगवा लेते हैं...Let me see. आपको मच्छी अच्छी लगती है?

ईश्वर : I don't mind...

वैजयंती : Fried or grilled?

ईश्वर : कुछ भी...

वैजयंती : वाइन या बीयर?

ईश्वर : वाइन लेते हैं...अगर यहाँ मिल जाय तो...

वैजयंती : वो तो यहाँ कहीं भी मिलती है...वेटर।

[Waiter comes. She speaks to him in some African dialect. Waiter goes. Silence. Man is regarding several rings on the woman's fingers. The woman is simply beautiful.]

वैजयंती : वैजयंती कामत।

ईश्वर : ईश्वर दत्त।

[They shake hands and smile at each other.]

वैजयंती : लगता है मैं आपको पहले से जानती हूँ। सिमरन बहुत बात करती थी आपके बारे में।

ईश्वर : और मुझसे, आपके बारे में।

[Waiter brings a plate of olives and bread. Vaijayanti quickly pops one into her mouth and neatly disposes off the pit. She is very graceful.]

वैजयंती : बॉम्बे में क्या बजा था जब मैंने आपको फोन किया? ...बहुत रात होगी वहाँ?

ईश्वर : ढाई बज रहा था।

वैजयंती : I am sorry... मैं फोन पर ही आपको सब कुछ बता देती, लेकिन...I was too upset...कुछ समझ में नहीं आ रहा था। अभी भी कुछ सँभली तो हूँ...पर...

ईश्वर : मिसेस कामत, सिमरन को क्या हुआ?

[Vaijayanti is totally still. She puts the fork down, folds her hands on the table, look, up at the face of the man.]

वैजयंती : सिमरन disappeared...

ईश्वर : Disappeared?

वैजयंती : मिस्टर दत्त, सिमरन कहीं गायब हो गयी...धुएँ की तरह...It's a long story मैं शुरू से आपको सब कुछ बताना चाहती हूँ। कहानी कुछ अजीब है...ओह...यह

रेडियो...मेरा खयाल है हम जल्दी से खाना खत्म करें... यहाँ बात नहीं हो सकेगी।...वैसे आप यहाँ कितने दिन रुक सकते हैं?

ईश्वर : एक हफ्ता। पन्द्रह जुलाई से university खुल रही है... मेरा प्रोबेशन पीरियड चल रहा है।

वैजयंती : आपके आने जाने का पूरा खर्चा मैं दूँगी। Traveler cheques ठीक रहेंगे? वर्ना मैं आपके account में पैसा transfer कर दूँगी। आप जैसे चाहें।

ईश्वर : अभी उसकी फिक्र आप छोड़ दें। पैसे हैं मेरे पास।

वैजयंती : मैंने आपको बुलाया है।

ईश्वर : देखिये, ये बात जरूरी नहीं है। I am not being polite. अगर आप नहीं बुलातीं, तो कुछ दिनों में शायद मैं ही चला आता।

वैजयंती : *मैं कह नहीं सकती मुझे...मैं सचमुच बहुत शुक्रगुजार हूँ।*

[Long pause]

ईश्वर : आप कब से हैं यहाँ?

वैजयंती : आज आठवाँ दिन है।

ईश्वर : सिमरन को आपने आखिरी बार कब देखा था?

वैजयंती : वहीं...मेरी कॉटेज में...

ईश्वर : I guess आप लोग साथ ही थे।

वैजयंती : [nods] हाँ...हम लोग साथ ही ठहरे थे।

ईश्वर : और वो वहाँ से गायब हो गयी?

वैजयंती : हवा में...धुएँ की तरह...

ईश्वर : यह हुआ कब?

वैजयंती : चार दिन पहले... I don't know where to begin... Let's go from here.

ईश्वर : हं...चलिए।

[Simaravo enters]

सिमरन : मैं कुछ लिख नहीं पा रही हूँ। ईश सुनते हो, मेरा सर

भेड़-बकरियों का बाड़ा बन गया है। इतनी चीजें हैं जो मैं लिखना चाहती हूँ [Simaran is a young girl, about twenty-five. She is standing near a bench, apparentaly talking to a gap. Ishwar fills in that gap.] Images, scenes, छोटे-छोटे जुमले...unconnected...मेरे दिमाग में शोर ही शोर है। हर चीज चीख कर कह रही है, 'लिखो, मुझे लिखो।' A great new story is about to be born. I can feel it. नन्ही चिड़िया को पंख लग चुके हैं ईश। बस उड़ नहीं पा रही है।

ईश्वर : Problem क्या है?

सिमरन : प्रोब्लेम यह है कि जैसे ही मैं मेज पर बैठती हूँ, कुछ crystallize नहीं होता। No crystals, just pebbles. नन्ही चिड़िया वहीं की वहीं रह जाती है, उड़ान नहीं भर पाती। पता नहीं क्या है जो Missing है। [Silence.] शायद कोई ऐसी चीज जो बहुत ही जरूरी है एक लेखक के लिए, नहीं हैं मुझमें। [Silence.]

ईश्वर : पुराने जमाने में चीन के शहरों के चारों तरफ मोटी दीवार होती थी। उस दीवार में बहुत ही खूबसूरत बड़े-बड़े दरवाजे होते थे। वो दरवाजे सिर्फ हिफाजत के लिए नहीं थे। उनका गहरा मतलब था। लोगों को यकीन था कि उन दरवाजों में शहर की रूह बसती है। आज भी अगर तुम चीन जाओ तो देखोगी many wonderful gates–still standing. पता है, चीनियों ने ये दरवाजे बनाये किस तरह?

सिमरन : मुझे नहीं पता।

ईश्वर : लोग अपने बड़े-बड़े रेड़े लेकर युद्ध के मैदान में जाते थे और उनमें सूखी हड्डियाँ भर के ले आते। उन्हें जड़ देते ईंटों की तरह इन दरवाजों में। लोगों का मानना था कि अगर वे इस तरह अपने सिपाहियों को इज़्ज़त बख्शेंगे तो

मरने के बाद भी वे उनकी हिफाजत करते रहेंगे। इतना ही नहीं, दरवाजा पूरा होने के बाद सैकड़ों कुत्तों की बलि दी जाती और उनका खून दरवाजों पर छिड़क दिया जाता। ताजा खून जब सूखी हड्डियों से मिलता है, तो मुर्दे में वापस जिन्दगी आ जाती है। [Silence.]... That was the idea.

सिमरन : तुम्हारा मतलब है कि कहानी लिखना भी कुछ इसी तरह होता है... सूखी हड्डियाँ इकट्ठी करके दरवाजा बना भी लो, तब भी उसमें जान नहीं पड़ेगी। जब तक...कहानी इस दुनिया की चीज ही नहीं है। सच्ची कहानी तो तब पैदा होगी जब यह दुनिया उस दुनिया से गड्डमड्ड हो जाएगी, एक जादुई लमहे में। So what you are saying? is That I go out and find my own sacrificial dog... मुझे बलि चढ़ानी होगी?

ईश्वर : [Nods] हँ...हं

सिमरन : ताजा खून...नहीं, मैं किसी जानवर को नहीं मार सकती ...मुझसे नहीं होगा।

ईश्वर : [Laughing] It is just a metaphor, stupid! तुम्हें किसी को मारने की जरूरत नहीं है। तुम्हें वक्त और तजुर्बा चाहिए... Experience!

सिमरन : What kind of experience? Sexual? I have no sexual desire. I am not terribly proud of it. But it is true. मुझे कुछ लगता ही नहीं। एक writer की जुबान से यह बात अजीब लग सकती है। Passion ही नहीं है तो वह लिखेगा क्या?

ईश्वर : यानी कि आप एक ऐसी chef हैं जिसे भूख ही नहीं लगती। समझ में नहीं आता तुम्हारी sexual desire को क्या हुआ? कहाँ चली गयी? शायद तुम्हारे भीतर ही

कहीं छिप गयी है, या तुम्हारे दिल से निकल कर कहीं घूमने चली गयी है और घर लौटने का रास्ता भूल गयी? But you never know...love is a crazy thing. अचानक कहाँ, क्या हो जाय...पता नहीं। it can hit you any time, anywhere.

सिमरन : Like a tornado? [Ish nods.] Ish, have you been hit by a tornado?

ईश्वर : [Laughing] नहीं, अभी तक तो नहीं।

सिमरन : [gets up] मैं जा रही हूँ। [goes.]

[Ishwar moves uncertainly. It looks like he wants to say something to the audience, but he is not quite sure---what, Then...]

ईश्वर : सिमरन की वैजयंती से पहली मुलाकात... [Simran comes back.]

सिमरन : यह सुनो..."हर शख्स को कम-से-कम एक बार गहरे अकेलेपन से गुजरना जरूरी है। एक ऐसे मुकाम से जहाँ कुछ भी न हो सिवा बियाबान के। जहाँ कोई सहारा न हो–जिन्दा रहना हो, सिर्फ अपने बूते पर। अपनी उदासी या खुशी के साथ।" [shuts the book.] मैं job ढूँढ़ रही हूँ–लद्दाख में। सबसे ऊँची पहाड़ी की चोटी पर रहूँगी। रात को मेरे तंबू के आसपास रीछ घूमेंगे। हवाएँ चलेंगी 100 मील की रफ्तार से–तंबू को झकझोरती हुई। वह होगी जिन्दगी। उसके मुकाबले यह कालेज के लेक्चर सुनना...लगता है आप कड़वी ककड़ी चबा रहे हैं। मैंने कालेज छोड़ दिया। [She exits.]

ईश्वर : सिमरन किसी novel का किरदार निभा रही है। जो किताब वह पढ़ती है उसे जीती है, पूरी तरह। Let me make this clear...I am in love with her...मैं यह कहानी

सिलसिलेवार ढंग से नहीं बता पा रहा हूँ। [He brings a chair, sits.] रात का वक्त, मूसलाधार बारिश, मैं सो रहा था। [The sound of rain and thunder fades in, establishes itself and fade out extremely slowly and imperceptibly beneath the voices of the actors.]

ईश्वर : Hello!

सिमरन : सो रहे थे?

ईश्वर : हूँ...क्या बजा?

सिमरन : सुबह होने ही वाली है।

ईश्वर : हूँ।

सिमरन : यहाँ, जहाँ मैं रहती हूँ, उसके पास ही मुर्गियों का बाड़ा है। थोड़ी देर में वहाँ से जबरदस्त शोर उठने वाला है - बस, आधे घंटे बाद। यह मेरा favourite वक्त होता है। गहरी अँधेरी रात–आसमान के एक छोटे से कोने में उजाले के मामूली से आसार। यूँ चीखती मुर्गियाँ, जैसे किसी से बदला लेना चाह रही हैं। तुम्हारे घर के आसपास मुर्गियाँ हैं?

ईश्वर : नहीं...ऐसी बारिश में–रात के साढ़े तीन बजे–तुम्हें मुर्गियों की आवाज सुनायी देगी? सुबह का उजाला दिखाई देगा? कहाँ से बोल रही हो?

सिमरन : उसी फोन बूथ से–पार्क के पास जो है।

ईश्वर : सिमरन, इस आँधी पानी में–तुम घर से बाहर–

सिमरन : मैं जानती हूँ, यह वक्त किसी शरीफ आदमी को फोन करने का नहीं होता है। गलत वक्त है। अभी तो मुर्गियाँ भी नहीं उठीं। मैं घुटने-घुटने पानी में एक किलोमीटर चल कर यहाँ आयी हूँ– तुम से बात करने। भला हो इस कड़कती बिजली का–रास्ता तो दिखा दिया। वर्ना बम्बई के किसी pot hole में डूब कर समुंदर तक पहुँच

जाती–गटर से हो कर समुंदर तक।

ईश्वर : सिमरन please...

सिमरन : I am in a complete mess... पँटीज तक में पानी भर गया है। ऐसे में कोई pervert मुझ पर हमला कर दे तो? और तुम ईश...'हूँ' 'हाँ' से ज्यादा कुछ फूट नहीं रहे हो। मिस्टर ईश्वर दत्त, मुझे तुम से sympathy नहीं चाहिए। कम-से-कम दो एक जुमले तो बोल सकते हो।

ईश्वर : हाँ मगर...

सिमरन : हाँ...मगर...लेकिन...किन्तु-परन्तु...बढ़िया है। मैं इतने से संतोष कर लूँगी।

ईश्वर : सिमरन तुम्हें कुछ जरूरी बात करनी है?

सिमरन : नहीं तो तुम्हें फोन क्यों कर रही हूँ इस वक्त? बताओ, sign और symbol में क्या फर्क है?

ईश्वर : क्या?

सिमरन : हाँ–मुझे जानना है sign और symbol में क्या फर्क है?

ईश्वर : ठहरो। मुझे समझने दो। तुमने मुझे इस वक्त इसलिए फोन किया कि तुम्हें sign और symbol में फर्क बताऊँ। क्या वक्त हुआ है मालूम है?

सिमरन : सवा चार सुबह के। सवाल मुझे परेशान कर रहा है। मैं सो नहीं पा रही। कल किसी ने मुझसे पूछा था और मैं बता नहीं पायी। रात बिस्तर में घुसने के कपड़े लिए उतारे कि अचानक मेरी समझ में आया कि मैं सो नहीं सकती, जवाब जाने बगैर। sign और symbol में क्या फर्क है?

ईश्वर : ठीक है। मुझे सोचने दो।

सिमरन : ठीक है, सोचो। [She enters.] sign और symbol में क्या फर्क है?

ईश्वर : देखो, हमारा राष्ट्रपति इस देश का symbol है–sign नहीं, you follow?

सिमरन : Sort of. [Silence.]

ईश्वर : हूँ! वक्त लगेगा।

सिमरन : चलो, ठीक है। आगे।

ईश्वर : नहीं, ऐसे नहीं। you have to say – you accept or not.

सिमरन : I accept.

ईश्वर : Thank you. तो राष्ट्रपति India का symbol है पर वह India नहीं है।

सिमरन : I guess.

ईश्वर : You guess?

सिमरन : I accept.

ईश्वर : Now, अगर तुम कहो कि राष्ट्रपति India का sign है तो वह गलत होगा। क्योंकि sign कहने से equivalence आ जाती है। मतलब, India कहने से उसमें राष्ट्रपति शामिल हो जाएगा, और राष्ट्रपति कहेंगे तो India शामिल हो जाएगा।

सिमरन : So, If I say, राष्ट्रपति India का sign है तो दोनों चीजें interchangeable हो जाएगी।

ईश्वर : Correct...

सिमरन : तो तुम कह रहे हो कि India या राष्ट्रपति इन दो लफ्जों में अदला-बदली हो सकती है।

ईश्वर : हाँ अगर हम राष्ट्रपति को India का sign कहें तो।

सिमरन : तो कह देते हैं...गड़बड़ होगी न? होने दो। मूसलाधार बारिश, घुप्प अँधेरा, रास्तों पर घुटने घुटने पानी, पूरा शहर...jam। I This is the perfect time for coup-detat. [She laughs heartily.]

ईश्वर : मेरा मजाक उड़ा रही हो?

सिमरन : मैं sign और symbol के बीच का फर्क समझ गयी। एक

one way street है, दूसरा two way street. [Silence] Say something.

ईश्वर : अभी के लिए इतना काफी है।

सिमरन : ईश्वर, you are good, very good.

ईश्वर : मैं टीचर हूँ सिमरन। That's my job. तुम सोच भी नहीं सकतीं कि क्लास में किस तरह के सवाल मुझसे पूछे जाते हैं। ऑक्टोपस की आठ टाँगें होती हैं, penis क्यूँ नहीं होता? Squid के दस पाँव क्यूँ होते हैं, आठ क्यूँ नहीं? इसलिए मुझे practice है। किसी भी तरह के सवाल का जवाब दे देता हूँ।

सिमरन : Vow! You must be a fabulous teacher.

ईश्वर : पता नहीं

सिमरन : वैसे ऑक्टोपस के penis क्यूँ नहीं होता?

ईश्वर : मैं अब सो लूँ थोड़ा?

[Enters Vaijayanti. Takes a corner seat in a restaurant. Music.]

ईश्वर : Hello...hello...Are you there? [Click sound is heard. Ishwar's body goes listless. Simran moves to Vaijayanti's table. She is panting.

सिमरन : Sorry, I am late. मुझे जरूरी काम निपटाने थे। मामूली प्रोब्लेम्स थीं, मगर टाइम लग गया। शहरा का सारा traffic disrupt हो गया है। ट्रेन तो चल ही नहीं रहीं। कितनी टैक्सी, गाड़ियाँ बीच सड़क पर खड़ी हैं। ऐसे में आप किसी से लिफ्ट नहीं माँग सकते। बहुत मुश्किल से एक ऑटो मिला, तो औने-पौने पैसे माँगने लगा।

वैजयंती : [With a smile] Any way, now you are here and I have not been waiting for long. So sit down and relax.

[Simran removes her cap, shakes off water

from her hair and puts her back-pack down. Vaijayanti puts a bookmark and keep it in her bag.Simran intently watches her small graceful movements.]

सिमरन : सिमरन... I like your name...बहुत मीठा है।

सिमरन : Really? मैं तो इसे बदलना चाहती हूँ।

वैजयंती : अरे, क्यूँ?

सिमरन : माँ ने दिया है मुझे यह नाम। मैं उनको कभी माफ नहीं करूँगी। एक ही चीज दी, वो भी इतनी घटिया।

वैजयंती : क्यूँ, क्या खराबी है सिमरन में?

सिमरन : पता नहीं। It is such a religiously loaded name... इसके अलावा, ये इतना common ...है।

वैजयंती : मुझे तो नहीं लगता...हाँ, वहाँ north में शायद common लग सकता है। लेकिन यहाँ बम्बई में sounds beautiful. वैसे तुम क्या नाम रखनी चाहती थीं अपना?

सिमरन : कुछ भी...आशा...निशा, लता, सुधा...

वैजयंती : [smiles] Idea drop कर दो सिमरन... 'सिमरन' is truly beautiful इसलिए, अपने माथे से त्योरियाँ हटाओ और बताओ, क्या लोगी?

सिमरन : आप क्या ले रही हैं?

वैजयंती : Chardonnay white and grilled fish in garlic sauce.

सिमरन : ठीक है। मैं भी यही लूँगी

[Vaijayanti looks around. A waiter appears. Orders placed. Music suggests that it is an upscale place]

वैजयंती : By the way, I met your father.

सिमरन : Oh god! You too!

वैजयंती : What a handsome man!

सिमरन : सब यही कहते हैं। उनकी smile इतनी trusting है,

इतनी warm है कि north की तरफ देख कर मुस्कुरा दें तो हिमालय पर बर्फ पिघलना शुरू हो जाय। जहाँ खड़े हो जायँ, लोग किसी और तरफ देख ही नहीं सकते, खास तौर से औरतें।

"सिमरन, तुम्हारे father को देखकर हमारी तो साँस रुक जाती है। He lights up any gathering, any party!"

वैजयंती : लगा तो मुझे भी कुछ ऐसा ही...

सिमरन : आपको क्या लगा मैं खूब जानती हूँ। He does have that kind of effect, specially on middle aged women. I am quite used to it. [Suddenly raises her voice] कोई Handsome है या नहीं, क्या फर्क पड़ता है? मैं कई लोगों से यह सवाल पूछ चुकी हूँ। पर जवाब नहीं मिला।

वैजयंती : इतने खूबसूरत बाप की बेटी होना, कैसा लगता है तुम्हें?

सिमरन : कुछ खास नहीं। लोग इतनी predictable बातें करते हैं...क्या खूबसूरत आदमी है...पर उसकी बेटी में बाप के नाक नक्श आये नहीं। माँ पर गयी होगी।

वैजयंती : तुम अगर इस तरह सोचती हो अपने बारे में, तो गलत सोचती हो। तुम बहुत सुन्दर हो। तुम्हें पता नहीं सिमरन तुम कितनी attractive हो। [Covers her hand on the table with her own. Something happens to Simran's whole body. Waiter lays down the food. Music becomes little louder. Both women are now eating. Sounds of fork and knife etc. are accentuated.]

वैजयंती : You like music?

सिमरन : More than anything

वैजयंती : What kind?

सिमरन : Indian classical...Are you surprised?

वैजयंती : A little... तुम youngster हो फिर भी...

सिमरन : सारे yongster को माइकेल जैक्सन के पीछे पागल होना

चाहिए और Hanna Montana का fan होना चाहिए।

वैजयंती : [Laughs a little] नहीं, यह बात नहीं है। Indian music के लिए cultivation चाहिए।

सिमरन : आपको बहुत ताज्जुब होगा यह जान कर कि मैंने सीखा है classical Indian music? मेरे Father के पास जबरदस्त library है music की। मैं बचपन से संगीत के वातावरण में रही हूँ। पिताश्री के records सुनती थी। बस शौक चढ़ गया। मैंने कहा मैं music सीखूँगी। Mother was no more so there was no question of any opposition. But then, no opposition turned into imposition. मास्टर जी आने लगे हफ्ते में तीन दिन, मुझे पूछे बगैर। पिताश्री का पहला और आखिरी सवाल होता था, रियाज किया? खाते-पीते उठते-बैठते पीछे पड़ गये। I stopped it one day. मास्टरजी की छुट्टी कर दी!...मैं अच्छी musician बन सकती थी अगर मेरे handsome पिताश्री बीच में टाँग नहीं अड़ाते तो।

वैजयंती : तुम्हारा favourite musician कौन है?

सिमरन : Instrumental में कोई नहीं। मैं vocal music की fan हूँ। उसमें में भी मेरा taste बहुत selective है। I like Kumar Gandharva more than any one else. He doesn't waste time. विलंबित में बहुत देर नहीं रहते। To prepare himself, he recalls the main body of the Raga. लेकिन बहुत detail में नहीं। हवा में आवाज से कुछ लकीरें, कुछ forms से बनाते हैं। और उसके बाद सीधा मध्य लय में आ जाते हैं। सुननेवाला लिपटता चला जाता है। आप शुरू से ही music के flow में आ जाते हैं। उनकी शुरुआत होती भी है कि नहीं, कहा नहीं जा सकता। उनको सुनकर लगता है कि संगीत तो वातावरण में है, लगातार। चलते संगीत को ही वे कहीं

बीच में उकेर देते हैं। बन्द होने के बाद भी मैं उनको सुनती रहती हूँ। आपने कभी सुना कुमारजी को?

वैजयंती : हाँ, सुना...लेकिन तुम्हारी तरह नहीं।

सिमरन : कैसा लगता है आपको?

वैजयंती : अच्छा...अच्छा लगता है।

सिमरन : आपको...

वैजयंती : यह आप आप कुछ bore करने लगा है अब, नहीं? तुम मुझे नाम से बुला सकती हो। या उसको और भी छोटा कर सकती हो।

सिमरन : वैजयंती...जयंती...जया...वेज...वेज मैं आपको नहीं कह सकती। वेजी तो बिल्कुल नहीं। वैजू...बहुत informal लगता है। जयंती ठीक है [Vaijayanti laughs.]

वैजयंती : ठीक है। पर मैं तुम्हें सिमरन ही कहूँगी। हाँ...पूछ रही थीं तुम कुछ।

सिमरन : नहीं। मैं तो सिर्फ जानना चाह रहती थी आपका taste music मैं...

वैजयंती : मुझे piano music अच्छा लगता है। मैं भी classical की fan हूँ। मगर western classical। I feel, Beethoven's Sonata no. 32 was the absolute pinnacle in the history of music. Wilhelm Backhaus–his interpretation exactly captures the overall mood and the subtle shifts in it. Wanda Landovska's Mozart sonata...what warmth...what tenderness... कभी साथ सुनेंगे।

[Simran feels dryness in her throat, drinks.]

वैजयंती : सिमरन, तुम करती क्या हो?

सिमरन : मैंने कॉलेज छोड़ दिया। कुछ part time job करती हूँ। खाली वक्त में लिखती हूँ। Novels, short stories...no poetry as yet..

वैजयंती : किस तरह के novels?

सिमरन : बताना मुश्किल है।

वैजयंती : अच्छा तो यह बताओ, कौन से novels पढ़ती हो?

सिमरन : अगर पूरी list बताने लगी तो शाम तक यहीं बैठे रहेंगे। आज कल J.M. Coetze पढ़ रही हूँ।

वैजयंती : मैं novel नहीं पढ़ सकती। मेरे दिमाग से यह बात निकलती ही नहीं कि यह कहानी किसी की बनायी हुई है...all made up। Characters से मैं कभी identify नहीं कर पाती। इसलिए ज्यादातर अपने काम से related books पढ़ती हूँ।...those which help me in my work.

सिमरन : क्या काम करती हैं आप...sorry...जयंती?

वैजयंती : मैं तेरह साल से business में हूँ। मेरे father का export business था, textile का अब वो मेरा भाई और husband सँभालते हैं। उनकी कंपनी का head office...अब लंदन में है। So they are mostly there...मैंने अलग अपनी छोटी सी कंपनी शुरू की है। मैं foreign liquor import करती हूँ। जान कर तुम्हें ताज्जुब होगा, India जैसे गरीब मुल्क में कितनी बड़ी खपत है यूरोपियन वाइन की। इस धंधे में personal connections बहुत जरूरी होते हैं। इसलिए मैं अक्सर बाहर जाती रहती हूँ। बड़ी कंपनियों के साथ competition में टिके रहने के लिए ये बहुत जरूरी है। [She looks up as If she has just remembered something.] सिमरन, तुम कोई European language जानती हो, अंग्रेजी को छोड़ कर?

सिमरन : मेरे एक अंकल मेक्सिको में रहते हैं। एक बार पूरा महीना उनके साथ रही। मैंने Spanish सीखना शुरू किया। यहाँ बम्बई में opportunities कम हैं, लेकिन फिर भी, हैं। मैंने एक course पूरा भी कर दिया।

वैजयंती : How about driving?

सिमरन : आगे जाती हूँ तो lamp post तोड़ देती हूँ। Reverse gear लगाऊँ तो pavement पर चढ़ जाती हूँ।

वैजयंती : Computers?

सिमरन : सिर्फ word processor तक। But I feel I can pick it up.

वैजयंती : All right...Can you explain in 200 words or less, the difference between a sign and a symbol?

सिमरन : A sign and a symbol...no idea.

वैजयंती : मेरे साथ काम करोगी?

सिमरन : You mean job?

वैजयंती : हूँ...हूँ...

सिमरन : job तो मैंने कभी किया नहीं। फोन तक पर बोलना नहीं आता मुझे। दस बजे से पहले लोकल पकड़ नहीं सकती। और अब तक तो तुम समझ ही गयी होगी... मैं थोड़ी frank हूँ...बातचीत में।

वैजयंती : उससे कोई फर्क नहीं पड़ता। कल afternoon में क्या कर रही हो? कल तीन बजे मेरे दफ्तर में आ सकती हो?

सिमरन : [Loudly] पर... You just met me...you hardly know a thing about me...

वैजयंती : Shhh...[quietens her down]...मैं लोगों को उनके चेहरे से परखती हूँ। मुझे तुम्हारा चेहरा पसन्द है...बस।

[Lights change. Vaijayanti has gone. But Simran, it seems, cannot move.]

सिमरन : [Whispers] ऐसा हो सकता है? बर्फ पिघल रही है... गुलाब और लाल हो गये हैं... हथेलियाँ जल रही हैं...पूरा बदन अंगारों पर रखा है...I am in love...पता नहीं कहाँ जा रही हूँ... बहाव तेज है...पर कुछ नहीं कर सकती...

सिवा बहते जाने के...There is no turning back...[A sense of danger reflects iner eyes. Light burn her face and then go abruptly. Loud metallic music.]

× × × ×

[A man in uniform in an office.]

Police Officer : Come in madam. Have a seat.

[The place looks like a police station on an island. Vaijayanti sits down. The man in uniform regards her.]

P. Officer : Where...you...stay...here?

Vaijayanti : William's cottage, over the hill. Near the sun-set point.

Officer : Sun set point...when...you come...here?

Vaijayanti : Four days ago.

Officer : Hum...why?

Vaijayanti : I...we...came here as tourists.

Officer : Your passport? [Vaijayanti takes out two passports from her bag. The officer puts them aside on the table without looking at them.]

Officer : When...you...go?

Vaijayanti : I...don't know...when you...find her...

Officer : Find? Find what?

Vaijayanti : My friend...my mate...my secretary. A young girl, she has disappeared in this damned island. [Officer is unmoved.]

Officer : You don't speak loud...Me...the police officer...want to see my power?

[Throws the register on the floor. Rings the call bell placed on his table. Constable

appears.]

Officer : Lift up...walk...put...go...This is my power, Madam, So...do not shout.

Vaijayanti : I am sorry.

Officer : Good. We start...again. What you do?

Vaijayanti : I am a businesswoman from Bomay. I do business...and she, who disappeared was my...secretary.

Officer : Your secretary? You do business here?

Vaijayanti : No. We came here to relax...like many other tourists...you get me?

Officer : [Nods] Good. Very good. Thank you. [Silence.]

Vaijayanti : I don'ts think you got me Sargent. Pay attention. Two women, me and my secretary, came here...Saturday...four days ago...She disappeared since morning... I wait for her full one day...she has not come back...

Officer : I understand. Thank you.

Vaijayanti : What do you mean by 'Thank you'? I am registering a complaint...my friend is lost on this island... disappeared...gone. Please find her...And then... I...thank you. [Officer gives her the register.]

Officer : Put down name, address...sign.

[She does this all. Then he extends a separate piece of paper.]

Officer : Write...complaint.

Vaijayanti : On this paper?

Officer : I paste it in the new...old register is full! [He opens the drawer and takes out a biggish looking cardboard box. Vaijayanti coughs.] Dusty. [Officer takes out a paper from the box. While Vaijayanti is writing the complaint on the paper, he makes a paper boat.]

Officer : This box...last year...[Takes out a appear, reads.] Little girl...age 4, lost on the beach...status, case unsolved. [Takes out a second paper.] Old man, age 80...Lost, case unsolved...Four children...play near the bushes...nobody...nothing come back home... case unsolved. Old woman... lost...found on the beach...dead. Case closed. So, where this friend...secretary come from?

Vaijayanti : [very angry] From no where...from the sea. [Silence.] Sorry...Bombay.

Officer : From...the sea...[He blows the air from his mouth. The paper boat on the table starts moving towards Vaijayanti.] Come from...the sea...and... go to... the sea.

[Vaijayanti gets up quickly.]

Vaijayanti : You don't quite get the gravity of the situation, Officer. My employee, for whom I am responsible...has disappeared on this island. I want you to move your ass and go find her out. I want her back...safe...and fast. Otherwise, I shake you all...shake this island....this country...my embassy...I will write to the ambassador...foreign minister... even president. I will personality telephone to each one of them. It is not an easy matter. I am going over to the Post office and I am starting now. So better get moving fast. [Picks up the passports and opens one of them.]...This is the girl...who is missing. I will make a copy of this photo and give it to you in half an hour. Get moving, for God sake. [Officer gets up reluctantly. The other policeman has also come in and staring at Vaijayanti.]

Officer : Thanks...

Vaijayanti : [In a huge voice] Stop thanking me...fool... [Quickly puts the passports in the bag, leaves in huff.]

× × × ×

ईश्वर : No...there in the restaurant...that was not the first meeting. [He points down right.] वहाँ...वो जो मुलाकात...सिमरन और वैजयंती में हुई...दूसरी थी.... The first famous meeting between Simran and Vaijayanti took place in a wedding reception when Simran walked through an entire row of tables, full of food...Crash or crush?...more appropriately, a crush that resulted in a crash! फिर एक दिन सिमरन का फोन आया...वही...रात के दो बजे...I had a rough day at work. Class को picnic पर ले गया था। वहाँ एक लड़के ने फिसल कर हाथ की हड्डी तोड़ ली। Picnic was ruined...लड़का plaster में है, अस्पताल में। इस सबके बाद थका-थकाया देर रात घर आया,...खाना बनाया...भूखा था...खा-पी कर सोया ही था कि...[Phone rings. He resumes his seat.] बोलो सिमरन....[A woman is seen in a phone booth up stage.]

सिमरन : [Off stage] ईश, ऑक्टोपस के आठ पाँव क्यूँ होते हैं? सात क्यूँ नहीं?

ईश्वर : क्यूँ कि वह आठवाँ पाँव लेडी ऑक्टोपस के ऊपर रखता है जब वह Excited होता है।

सिमरन : क्या मतलब?

ईश्वर : When a male octopus spots a female, his normally greyish body suddenly becomes stripped. He swims above the female and begins caressing her with seven of his arms. If lady octopus is in mood, and allows this, then he will quickly reach towards her and slip his eighth arm into her breathing tube. A series of sperm package moves slowly through a groove in his arm. Finally to slip into the mantle cavity of the female. [Silence.] Can I go back to sleep? I am whacked [Brief silence. Audience can hear Simran breathing down the phone.]

सिमरन : ईश...I am in love.

ईश्वर : Not with me...I assume...

सिमरन : अरे नहीं नहीं...अगर तुम्हारे पास वक्त हो...मैं और बात करना चाहती हूँ....

ईश्वर : किस बारे में? तुम्हें जो मोहब्बत हो गयी है...मेरे अलावा किसी और से...उसके बारे में...

सिमरन : Correct...About my passionately falling in love with somebody other than you.

ईश्वर : ठीक है...बोलो...[Simran comes running in with a chair.]

सिमरन : Thank you. [Sits next to him.] तुम कितने अच्छे हो...बातें करें नींद तो नहीं आ रही है?

ईश्वर : नहीं...अब नहीं...

सिमरन : तुम ठीक तो हो ना?

ईश्वर : बिल्कुल...

सिमरन : तो सुनो...तुम्हें शायद अजीब लगे...I have fallen in love with a woman...सत्रह साल बड़ी है मुझसे...अरे बोलो कुछ...

ईश्वर : नहीं...ठीक है...

सिमरन : ईश, तुम्हें यकीन नहीं होगा...मैं हर वक्त उसे देखना चाहती हूँ...उसके साथ रहना चाहती हूँ...वो इतनी...मैं कह नहीं सकती, मैं क्या महसूस कर रही हूँ...मैं उसकी

हर छोटी सी छोटी हरकत देखना चाहती हूँ...उस दिन खाने के बाद shopping...पर गये। इस store से उस store...दो घंटे...मैं इतनी खुश, जितनी कि कभी नहीं थी...चाहती थी, दिन खत्म ही न हो...मैं यूँ ही चक्कर काटती रहूँ...मैं यूँ ही इसके साथ रहूँ...कहाँ-कहाँ नहीं गये हम?...क्या क्या नहीं खरीदा? बान्द्रा की सारी बड़ी दुकानें छान मारीं...Dresses, shoes, under wears, pajamas...उसने कहा, तुम लो कुछ। मेरे पास तो पैसे थे ही नहीं। मैंने उससे कहा, इतनी सारी खूबसूरत चीजे हैं...मेरी तो समझ में नहीं आ रहा क्या लूँ, क्या छोड़ दूँ...वह मुस्कुरायी, "चलो आज मुझसे सीख लो। Shopping कैसे की जाती है।"...ईश...उसे सबसे बढ़िया चीज पट से नजर आती है। ढेर चीजें देखेगी मगर चुनेगी सिर्फ थोड़ी सी। She is really very smart and charming... मैं तो देखती रह गयी। मेरे लिए उसने एक dress ली और एक scaff। अपने लिए तो बहुत-सी चीजें। मैंने उसे देखा, अपने लिए under wear चुनते हुए। I found it hard to breathe... पसीना पसीना हो गयी...अजीब नहीं है यह? I am a girl after all...बात बहुत लम्बी हो रही है...तुमने कल का times देखा? There was this article...it said," Lesbians are born that way. There is a tiny bone in the inner ear that is completely different from other women; and that makes all the difference. Some small bone with a complicated name...So...being a lesbian isn't acquired; it is genetic. An American doctor discovered this. [Silence.]

ईश्वर : So, you are sure what you feel for Vaijayanti is a sexual desire?

सिमरन : A hundred percent... When I am with her, the bone in my ear starts ringing. Like delicate sea-shell, wind chimes. I want her to hold me and let everything take its course. अगर ये sexual desire नहीं है, तो मेरी रगों में जो बह रहा है वह खून नहीं, केचप है।

ईश्वर : What could I say to that?

सिमरन : It explains everything...क्यूँ मैं मर्दों के साथ sex नहीं कर सकती, क्यूँ मुझे कुछ भी feel नहीं होता, क्यूँ मुझे लगता है कि मैं दूसरी औरतों से अलग हूँ।

ईश्वर : मैं कुछ बोलूँ?

सिमरन : O.K.

ईश्वर : जो बात इतनी आसानी से explain हो जाय, उसमें जरूर कुछ गड़बड़ है। Some hidden trap in it. मेरा तजुर्बा तो यही कहता है। किसी ने कहा है कि जो एक किताब में explain हो जाय वह explain करने लायक ही नहीं। What I mean is, don't jump to conclusions. [Long pause.]

सिमरन : मुझे एक चीज हमेशा परेशान करती है। एक दिन तुम किसी अच्छी सी लड़की से शादी कर लोगे और हमारी दोस्ती खत्म। फिर रात के ये phone calls बंद।

ईश्वर : तब दिन में कर लेना।

सिमरन : दिन में? [angrily she gets up.] तुम तो कुछ समझते ही नहीं यार...

[Kicks the cahir, runs away, Door of the phone booth opens. Ishwar puts the chair back in its place. Vaijayanti occupies it.]

वैजयंती : यहाँ के पुलिस स्टेशन में एक आदमी है। थोड़ी बहुत अंग्रेजी बोलता है। बात करके मुझे लगा, ये लोग कुछ करेंगे नहीं। मैंने Indian embassy को फोन किया, पूरी

situation बतायी। Thankfully आदमी अच्छा निकला। उसने high level पर कुछ किया...तब जाकर यहाँ की पुलिस हरकत में आयी। But they are simply clueless. उन्होंने harbour पर पूछताछ की। इस cottage के चारों तरफ जो लोग रहते हैं उनसे भी सवाल पूछे। जहाँ तुम्हारी ferry आकर रुकी थी वहाँ एक आदमी टिकट बेचता है, उससे पूछाताछी की। उसे कुछ याद नहीं।

ईश्वर : Did she have any money on her?

वैजयंती : No. I don't think so. Mr. Dutt, वो यहीं है...इसी टापू पर...A brown girl in her jammy, wandering about, would certainly be noticed... जिस रात सिमरन गायब हुई, उसी सुबह एक German comple समुंदर में तैर रहा था। उन लोगों ने भी किसी हिन्दुस्तानी लड़की को नहीं देखा...न बीच पर, न सड़क पर।

[She buries her face in her palms.] Al I could do, is to call you in Bombay.

[Enters Police officer.]

Officer : Improper...very improper...I disturb you...at this time. May I...very improper...you with a friend...

Vaijayanti : It's okay. [Officer opens his register]

Officer : Pajama...what color?

Vaijayanti : You mean what color pajamas the girl was wearing the night she disappeared?

[Looks at Ishwar.] अब इसे कैसे बताऊँ उसका रंग? केप टाउन में खरीदा था उसके लिए। [Turning to the officer] could be greyish...but I am not sure...

Officer : Grey...ish?

Vaijayanti : I mean, light...gray.

Officer : I got you...white...gray.

Vaijayanti : [With a helpless gesture] As I said, I am not sure.

Officer : Hmm...hmm..[Notes down] Not... sure... Height?

Vaijayanti : look officer, we have gone through all this before.

Officer : Sorry...confirmation...okay.

Vaijayanti : Five feet four inches. [Officer turns the page.]

Officer : Yes...exactly...exactly...Face? [Ishwar suddenly shouts.]

Ishwar : What about face?...long face.

Officer : madam?

Vaijayanti : Long face. [She keeps her hand on Ishwar's shoulder.]

Officer : Colour...colour?

Vaijayanti : Brown.

Officer : Eyes...eyes?

Vaijayanti : Black [Officer writes.]

Officer : Sorry, hair colour?

Vaijayanti : Black.

Officer : Long...short?

Vaijayanti : (Short)

Officer : Fat...slim?

Vaijayanti : Slim. [Ishwar gets up, walks uneasily.]

Officer : Top...top? What she wear top?

Vaijayanti : I am not sure...may be...black t-shirt.

Officer : [Writes] Black top. [Checks it.] Exact... exact...I work now. No worry. [Viajayanti takes a deep breath. Silence.]

Vaijayanti : Thank you officer.

Officer : Thank you. [Officer keeps sitting. Silence.]

Officer : Your friend?

Vaijayanti : Yes.

Officer : India?

Vaijayanti : Yes. India...Mumbai...Bombay.

Officer : Passport?

Vaijayanti : Please. पासपोर्ट दे दो अपना।

[Ishwar takes out the passport from the bag. hands it over to Vaijayanti. She gives it to the officer. He checks the passport.]

Officer : I...Photocopy. [Vaijayanti nods.]

Vaijayanti : Did you find anyting, officer?

All old thing. No new thing. Situation stable...not go up...not go down... same... stable. [Silence.]

Vaijayanti : Sorry. I forgot. Would you like a drink, officer?

Officer : No...no..no Thank you very much...But I can carry it with me...I work the night...drink... help. [Vijayanti gives the bottle.]

Vaijayanti : What do you plan to do tonight?

Officer : Take rifles...big lights...enter forest...All...eight men...very dangerous. [Picks up his bag.] Good night. [Exits.]

[Vaijayanti laughs in a manner that suggests that if she does'nt laugh, she would have cried bitterly. Ishwar notices that. Vaijayanti composes herself.]

Vaijayanti : आप थके होंगे। Shower ले लें।...ये 'आप' मुझे uncomfortable लगता है। मैं आपको first name से बुला सकती हूँ? [Ishwar nods.] ईश्वर...ये तो और भी uncomfortable लगता है। Vaijayanti smiles.] तो फिर...ईश [Ishwar tooks at her helplessly.] Any way, shower yourself. I order something to drink and eat.

[Goes away.]

[Ishwar goes to the table where some papers are scattered. Simran is sitting on the table.]

ईश्वर : तुम्हारी writing कैसे चल रही?

सिमरन : लिखना तो बन्द है।

ईश्वर : क्यूँ?

सिमरन : इसका मेरे इश्क से कोई ताल्लुक नहीं है। ऐसा नहीं है कि मैं लिख नहीं सकती। लेकिन अपने पर भरोसा नहीं होता। पहले की लिखी चीजें पढ़ती हूँ तो इतनी boring लगती हैं। मुझे लगता है, मैंने वक्त और energy बेकार खर्च की। आज सुबह ही मैंने अपनी सारी चीजें जमीन पर फेंक दीं। वहाँ, जहाँ मैं गंदे कपड़े रखती हूँ...ईश, तुम कभी confuse नहीं होते?

ईश्वर : यार मैं तो हमेशा ही confused रहता हूँ।

सिमरन : मैं नहीं। मैंने कुछ गलतियाँ की होंगी जिंदगी में। लेकिन मुझे हमेशा लगा कि मैं ठीक रास्ते पर हूँ। I can see my way...

ईश्वर : You are lucky.

सिमरन : लेकिन अभी चीजें work out नहीं हो रही हैं जैसे मैं चाहती हूँ। कभी-कभी तो इतना डर लगता है। लगता है जो कुछ किया, गलती की। सही गलत की पहचान भूल गयी हूँ। Do you have any idea what I am saying...

ईश्वर : I think so.

सिमरन : कभी-कभी मुझे लगता है कि मुझे writing नहीं करनी चाहिए। इस दुनिया में करोड़ों बेवकूफ लड़कियाँ हैं और मैं उनमें से एक हूँ। सपने के पीछे भाग रही हूँ जो कभी पूरा नहीं होगा। ईश, मुझे घुंघरू उतार देने चाहिए और नमस्कार करके स्टेज से हट जाना चाहिए।

ईश्वर : घुँघरू?

सिमरन : Metaphor है यार...

ईश्वर : तुमने जो text मुझे भेजी थी, वह मैं सारी पढ़ गया। You are a fantastic writer. सिमरन। तुम जानती हो, ऐसे मामले में मैं झूठ नहीं बोलता। कुछ scenes तो खूब हैं। I was deeply moved। तुम्हारे लिखने में एक freshness है, एक sensitivity है। जब तुम समुंदर के किनारे की सर्द सुबह बयान करती हो, तो एक नम गर्मी सी महसूस करता हूँ मैं। अगर तुम इसी तरह लिखो तो मुझे यकीन है, तुम्हारी prose कुछ अलग ही होगी। तुम्हारी writing में जिंदगी है, तुम्हारे characters की साँसे सुन सकता है reader... यह natural gift है सिमरन। नहीं, ये घुँघरू उतार कर स्टेज से उतरने का वक्त नहीं है।

[Silence. Simran proceeds to collect all the papes from the floor, put them together neatly on the table. Ishwar watches her expecting something terrible. Simran picks up the first paper from the pile, begins to tear it. Then she proceeds to tear the whole pile. The stage is dark. The sound of tearing of the papers continues. When lights are on, Vaijayanti is speaking to the audience.]

वैजयंती : मैं बहुत से European wine producers को personally जानती हूँ। किस तरह के अंगूर, कैसी मिट्टी पर, कितने slope पर लगाये जायें ताकि खास तरह की वाइन पैदा हो सके। मौसम इसमें अहम रोल अदा करता है। It affects the flavour of the wine. इस तरह की बहुत सी जानकारी आपको रखनी होती है। Wine is like breeding thoroughbreds. आपको lineage देखनी पड़ती है। कौन-सी वाइन अच्छा टेस्ट करती है, कौन-सी नहीं, सिर्फ इतना जानना काफी नहीं। योरप का तो मैं चप्पा-चप्पा

छान चुकी। [During Vaijayanti's speech. Ishwar is seen putting torn papers together, page by page. Simran is not there.]

इस साल कुछ नया हुआ। कुछ South African wine makers ने मुझे net पर contact किया। वो लोग बंबई आये, दोस्ती हो गयी। मैंने फैसला किया, इस बार साउथ अफ्रीका जाऊँगी और सिमरन मेरे साथ चलेगी। ... She proved to be a fantastic secretary। थोड़े ही दिनो में बहुत होशियार हो गयी। Took care of lot of details for me. Flight booking से लेकर hotel reservations, price negotiations, keeping expense records. यहाँ तक कि किस शहर के किस restaurant में कैसा खाना मिलता है...यह सब वह तय कर लेती थी। उसे नयी नयी जानकारी हासिल करने का शौक था। मैं तो कभी नहीं कर पाती। किसी दूसरे के साथ इतनी comfortable मैं कभी नहीं हुई। We were together most of the day as if it was the most natural thing in the world...I decided come what may, Simran has got to be with me on this trip to Africa. Both of us were excited...and we knew why...we were venturing into an unchartered territory. Fortunately, all went well with the business... and we decided to take some time off. that's how we landed on this island. [Music fades in gently.] सिमरन रोज सुबह जल्दी उठती Bag pack करती, towels, sun screen lation, beer cans, sandwiches...और हम लोग beach के लिए निकल पड़ते। वहाँ पहाड़ी के उस तरफ बड़ा खूबसूरत beach है। Takes your breath away. Pure white sand and a very very quiet sea. बिल्कुल

अकेला। सुबह के वक्त hardly कोई होता है वहाँ। There everybody swims nude. We did too. Feels fantastic... शुरू में कुछ अजीब लगा, लेकिन एक दो दिन में ठीक हो गया। साफ नीला समुंदर and you, as bare as the day you were born। लगता है आप किसी और ही दुनिया में हैं। तैरते-तैरते थक जाते तो समुंदर के किनारे रेत में लेट जाते। सूरज हल्के से धूप की चादर हम पर डाल देता। इस जगह का जादू हम पर चढ़ रहा था। एक-दूसरे की पीठ पर लोशन लगाते, रेत में लोट लोट जाते, यूँ ही पड़े-पड़े कभी ऊँघ आ जाती। हर चीज से आजाद, हम घंटों वहाँ पर पड़े रहते बातें करते हुए। Evenings were devoted to music. [Lights slowly fade In on Simran, sitting on a beach chair reading. Similar chair next to her is vacant. Vaijayanti comes in jogging. Silence.]

सिमरन : How about a swim?

वैजयंती : अरे साँस तो लेने दो।

[Simran removes her head phones, puts the book down. A newspaper is already lying there. She is now looking at Vaijayanti.]

वैजयंती : तुम्हें अखबार मिला आज का? मैंने भेजा था।

सिमरन : हाँ, मिल गया मुझे। वो लड़का दे गया।

वैजयंती : Anything interesting?

सिमरन : कुछ खास नहीं। Exchange rates वही हैं जो कल थे। There is no major news item...हाँ, इसमें एक कहानी है, सत्तर साल की बुढ़िया की। Durban के suburb में अकेली रहती थी अपनी बिल्ली के साथ। विधवा थी, family में कोई नहीं था। एक दिन सोफे पर लुढ़क गयी,

heart attack। She expired किसी को मालूम ही नहीं चला। एक हफ्ते बाद आधी body मिली। दरवाजे खिड़कियाँ सब बन्द थे। बिल्ली को बाहर जाने का रास्ता नहीं था। बिल्ली भूखी थी, घर में खाने को कुछ नहीं था, इसलिए अपनी मालकिन को खा गयी।

वैजयंती : फिर क्या हुआ?

सिमरन : That's it. इतना ही लिखा है अखबार में।

वैजयंती : बिल्ली का क्या हुआ?

सिमरन : पता नहीं। Newspaper सारी बातें थोड़े ही लिखते हैं। सारे newspapers एक से होते हैं। सब कुछ लिखेंगे, बस वही नहीं लिखेंगे जो आप जानना चाहते हैं।

वैजयंती : बिल्ली को इन्सानी ग़ोश्त की आदत लग जाय तो वह खतरनाक हो सकती है। इसलिए हो सकता है, पुलिस ने उसे गोली मार दी हो। या फिर उन्होंने सोचा कि प्यारी बिल्ली काफी मुसीबत झेल चुकी है, अब इसे आजाद कर देना चाहिए। अच्छा सिमरन, तुम उस शहर की मेयर होती तो क्या करतीं?

सिमरन : I don't know. Speaking of cats, I have a strange memory. मैं छोटी थी, Second grade में पढ़ती थी। हमारे घर में एक काली बिल्ली थी। एक दिन मैं खिड़की के पास बैठी कुछ पढ़ रही थी। हमारे घर के ठीक बाहर एक पीपल का पेड़ था। मैंने देखा, अचानक हमारी बिल्ली उस पेड़ के चारों तरफ भाग रही है...like crazy... बिल्लियाँ अक्सर ऐसा करती हैं। But suddenly that cat started hissing arched its back and jumped...tail up, hair standing जैसे हमला करने वाली हो किसी पर। जरा देर में वह पागलों सी कूदने लगी, ऊपर की तरफ। उसे पेड़ पर कुछ नजर आ रहा था, जो मुझे नहीं दिखाई

दे रहा था। मैंने किताब रख दी और बिल्ली को देखती रही काफी देर तक। Actually as time passed, the cat got more determined...like, it was possessed. डर के मारे मेरा दम निकल रहा था, लेकिन मैं उस नजारे से आँख नहीं हटा सकी। Finally, after running for ever, it leaped up the tree and went right up. खिड़की से मैंने उसको आवाजें लगायीं, लेकिन उसने नहीं सुना। मैं देर शाम तक उसके उतरने का इंतजार करती रही। मैंने सोचा पली हुई बिल्ली है, आ जाएगी, पर वो आयी नहीं।...रात हो गयी,...पर वो नहीं आयी...जयंती, वो आयी नहीं।

वैजयंती : क्या मतलब, आयी नहीं?

सिमरन : It just disappeared...

वैजयंती : अरे नहीं...रात में वो किसी वक्त नीचे आ गयी होगी और कहीं भाग गयी होगी। उनको जुनून चढ़ जाता है तो पेड़ के ऊपर चढ़ जाती हैं। इतनी ऊँचाई से नीचे देख कर डरती हैं। वहीं बैठी रहती हैं। फिर उनकी मदद करनी पड़ती है उतरने के लिए।...तुम्हें रात को उसकी मियाँव सुनाई नहीं दी?

सिमरन : नहीं।...मुझे नहीं लगता वह बिल्ली कभी नीचे उतरी। वह वहीं किसी डाली से चिपककर बैठी रही...बेहद डरी हुई। आवाज भी नहीं निकाल सकी...गायब हो गयी।

वैजयंती : मैं भी एक बार बहुत ऊपर चढ़ गयी थी...

[Vaijayanti removes here shirt, lies down on her stomach. Simran gets up, takes the sun-screen solution from the bag and applies on Vaijayanti's back, until it is all dark.]

[Ishwar is seen sitting centre stage. Vaijayanti, wrapped in a shawl, is

squatting on the floor, wine glass in her hand.]

वैजयंती : This was the last conversation we had. [Silence, She is crying.] Please मेरी मदद कीजिए। सिमरन को आप पर कितना भरोसा है।

[Ishwar's face changes]

ईश्वर : Mrs. Kamath, उस र.त क्या हुआ था?

वैजयंती : Want to know the truth?

[Ishwar gazes into her drained face.]

ईश्वर : If I didn't want to know the truth. I wouldn't have come.

[Vaijayanti moves down stage.]

वैजयंती : ये उसी रात को हुआ...It happened that night, after we had talked about cats at the beach. [Music is on. Major change in the set. Vaijayanti is lying down on the floor, eyes closed. She looks off stage.]

वैजयंती : Music से disturb तो नहीं हो रही हो तुम?

सिमरन : [Off stage] Brahms never bothers me.

वैजयंती : क्या लिख रही हो?

सिमरन : ऐसे ही...ज्यादा कुछ नहीं।...शायद किसी दिन काम आ जाय।

वैजयंती : Oh! How I enjoyed playing brahms I can't play anything. ever again. [Vaijayanti stops the music.] साढ़े छः बजे रोज की तरह हमने kitchen में खाना बनाया। Soup, salad, bread, some white wine, बाद में coffee।

[Simran enters with two cups of coffee.]

सिमरन : By the way, हम वापस कब चलेंगे।

वैजयंती : एक हफ्ता और रुकेंगे यहाँ। इससे ज्यादा मुमकिन नहीं होगा। अगर मेरा बस चलता तो जाती ही नहीं यहाँ से।

सिमरन : तुमने मेरे दिल की बात कह दी। [Simran picks her cup and goes off.]

सिमरन : [Off stage] Good night.

वैजयंती : Good night.

[Vaijayanti changes into night clothes, ties her hair at the back with a band, adjusts her pillows and lies down. Lights in the room go off with a 'click' It's all dark and quiet. Heavy metallic music. Heavy breathing and heart beats are heard.]

वैजयंती : कौन है? [She reaches out and pulls aside a curtain. Pale moonlight lights part of the stage. Keeping perfectly still, she sweeps the room with her eyes. In the darkest corner of the stage, there is little movement Vaijayanti opens the curtain fully. Her eyes are examining the black lump on the floor. Simran erupts suddenly, hair hanging down and front legs bent at an acute angle.]

वैजयंती : सिमरन! [She extends her hand towards her. Light come in without a click] क्या बात है सिमरन? [She goes to her.] तबियत तो ठीक है न तुम्हारी? यह मुँह में क्या है? She tries to pull the towel from Simran's mouth...does not succeed. Simran's eyes are open but unseeing. Vaijayanti rests her hand on Simran's shoulder. Simran is soaked with hot sweat.]

वैजयंती : उठो उठो। ये कपड़े उतारो। किस कदर पसीना आ रहा है तुम्हें?। [Simran looks stupefied, not hearing or seeing anything.] उतारो इसे...भीगा है ये...एकदम... ठंड खा जाओगी।

[She pulls her pajama down. Simran's rigid body slowly relaxes. Vaijayanti takes the

towel out of her mouth and wipes the sweat from Simran's glistening body. Simran silently, puts her arm around Vaijayanti's neck.]

वैजयंती : क्या बात है? ठीक तो हो तुम? [Vaijayanti helps Simran to her bed and pulls the cover over her.]

सिमरन : I am sorry. कभी-कभी...पता नहीं क्या...

वैजयंती : कुछ नहीं। Bathroom में जाकर shower लो, ठीक हो जाओगी। कितना पसीना...juice पिओगी?

सिमरन : Thanks...मैं सिर्फ यहाँ लेटना चाहती हूँ।...मैं यहीं सो जाऊँ आज?

वैजयंती : ठीक है। Just go to sleep now. मैं तुम्हारे कमरे में सो जाऊँगी।

सिमरन : मेरे बिस्तर पर? वो तो एकदम गीला है।...Don't leave me alone. Sleep beside me...just for tonight. *[Vaijayanti nods. Lights go off with a click.]*

सिमरन : Can I just hold you for a while?

वैजयंती : Hold me?

सिमरन : Yes. [She clings to Vaijayanti's body.] I really like you.

वैजयंती : I like you too.

सिमरन : [Trying to come closer] Just a little please...

वैजयंती : [Gently] No. [Simran does not stop.] [Strongly] No. [Simran's tight body goes limp. Silence.] There is something, I need to tell you...A long time ago, I had a very unusual experience. My hair turned pure white overnight...completely. Since then I have dyed my hair. I am like a hard dry stone since then. I am not rejecting you, but I can't do just that sort of a thing. Not even with my husband. ever since that happened to me. 14 years ago...I am not able to give myself to anyone. [Silence.] I can help you in some other way if you like.

सिमरन : Sorry, but don't worry about it. I still want you to be with me. [Simran is subbing in her pillow. She suddenly gets up, stands for a while.]. मैं कुछ देर अकेले रहना चाहती हूँ। अपने कमरे में।

वैजयंती : ठीक है। ज्यादा सोचना नहीं कुछ। कल तक सब ठीकठाक हो जाएगा, पहले जैसा।

सिमरन : शायद।

[She leans over Vaijayanti and holds her cheek against hers. She whispers something inaudible and slowly walks off. Lights change. Vaijayanti finds herself sitting in front of Ishwar, as before.]

वैजयंती : सुबह जब मैं उठी तो सिमरन नहीं थी। मैंने सोचा कहीं गयी होगी, आ जाएगी। शायद बीच पर हो। मैंने कपड़े धोए। उसका बिस्तर सूखने के लिए धूप में डाल दिया और किताब लेकर बरामदे में बैठ गयी। दोपहर होने को आयी लेकिन सिमरन का पता नहीं। फिर मैं निकल गयी ढूँढ़ने उसे। सब जगह ढूँढ़ा, कई लोगों से पूछा। चार बजे के करीब मैं लौट आयी। मुझे उम्मीद थी, वो मिल जाएगी मुझे यहाँ। पर नहीं....सिमरन नहीं मिली।

× × × ×

ईश्वर : उस दिन सुबह ब्रेकफास्ट के बाद वैजयंती पुलिस स्टेशन चली गयी। उसने कहा, उसे काफी काम है। उसके जाने के बाद मैंने सिमरन का सामान देखा। एक disc मिली...untitled. I slipped the disc in my lap top. Menu showed two documents. Document one...

सिमरन : किस्मत ने मुझे खुद ब खुद conclusion तक पहुँचा दिया। मैं यहाँ हूँ...इस अफ्रीकी टापू पर...जब से मैं जयंती से मिली हूँ मैंने ज्यादा कुछ लिखा नहीं...is it that my hunger for expression is satiated by just being wit her? मैंने सोचना बंद कर दिया। Even the act of thinking became a burden. I was with Vaijayanti, all the time...What else did I want? For hours, we see each other's whole body. I was wild with joy...seeing her well-formed thighs and that reddish little flower in between...I could see that I was on an awful collision course. "हल्के नीले आसमान में आते जाते बादलों के साथ उड़ो, सिमरन। घास को उगता हुआ सुनो। सपना नायाब है, जी लो इसे, जी भर कर।"...मैं यहाँ कोई novel नहीं लिख रही हूँ। सिर्फ अपनी mental state समझने की कोशिश कर रही हूँ। रात को कुछ घंटे मैं अकेले काटती हूँ, अपने कमरे में। बेचैनी बर्दाश्त से बाहर हो जाती है तो मैं वैजयंती के बारे में सोचती हूँ। खयालों में मैं उसके बदन के एक-एक अंग को अपने होठों से छूती हूँ, बार-बार। यहाँ मैं एक सपना बयान करना चाहती हूँ। लेकिन नहीं... No pointless sexual fantasies...just the fact that at dawn I usually found myself biting my pillow violently and crying uncontrollably ... मैंने तय किया कि मैं वैजयंती को साफ बता दूँगी कि मैं क्या चाहती हूँ। मैं कह दूँगी उसे, "I love you, Vaijayanti, I want you." A question – did you ever see anyone shot by a gun without bleeding? [Silence.]

सिमरन : Document two मैंने खोला नहीं। मुझे लगा कि यहाँ किसी की जिन्दगी का टुकड़ा है, जो किसी राज की तरह

बन्द है। मुझे इसमें झाँकने का कोई हक नहीं। मैं जानता था कि सिर्फ एक click में मैं उसे खोल कर पढ़ सकता हूँ। "ईश्वर नहीं।" सिमरन मुझसे कह रही थी।...मैंने मशीन बन्द कर दी।

वैजयंती : I created Document two on Simran's disc. मैं चाहती थी कि वो उसे पढ़े। जान ले कि उस रात मैं उसे respond क्यूँ न कर सकी...चाह कर भी। हल्की-सी उम्मीद थी कि इसे पढ़ने के बाद वो शायद मुझे माफ कर सके।...

पच्चीस साल की उम्र में मैं Paris में एक बड़े musician से piano की advance training ले रही थी। पिता का फोन आया कि Switzerland में एक important deal sign होनी है। इसलिए मैं तीन दिन के लिए Switzerland चली जाऊँ। मैं राजी हो गयी। काम मामूली था, जल्दी खत्म हो गया। मेरे host ने मुझ से कहा, मिस वैजयंती, पास ही एक बहुत खूबसूरत गाँव है। अब यहाँ तक आयीं है तो उसे देख कर ही जाइये। मैं चली गयी। जगह वाकई लाजवाब थी। मैंने सोचा कुछ दिन यहाँ रहने के बाद ही वापिस लौटूँगी। पूरे एक हफ्ते के लिए apartment लेकर रहने लगी। उस गाँव की घुमावदार पगडंडियाँ, पतली-पतली गलियाँ, एक-दूसरे से सीढ़ियों से जुड़ी हुई...गाँव में एक ही बाजार था, लेकिन क्या मजेदार! Lunch, dinner, breakfast सब वहीं, उसी बाजार में करती थी। लोग सीधे-सादे हँसमुख। दिन भर घूमती रहती। खूब थक जाती, तब ही apartment वापस आती, रात को।...शायद दूसरा ही दिन था जब पहली बार मैंने उस आदमी को देखा। "आप रोज यहीं dinner करती हैं। मुझे भी यहाँ का ambiance बहुत

अच्छा लगता है। खाना भी ठीक ही है। मेरा नाम फरनांडो है, आप?'' ''वैजयन्ती कामत, from India'' ''मैं स्पेन से यहाँ बसने की सोच रहा हूँ। जी हाँ, for good। मैं आपको एक खास Spanish wine पेश करना चाहता हूँ, अगर आप मेरे साथ चलें।'' ''नहीं, अभी नहीं। मुझे जल्दी लौटना है।'' "Just a sip. You will like it." "Sorry" ''और घूमने का जी नहीं किया। मैं apartment वापिस आ गयी। सो रही थी [Phone rings.] "Hello...hello"... मेरा मन खराब हो गया। पर सुबह तक सब कुछ भूलभाल गयी। ...एक छोटे से restaurant में breakfast के लिए बैठी थी कि वही आदमी दिखायी दिया, नदी के किनारे। उसके हाथ में fishing rod थी। एक बूढ़े आदमी से हँस-हँस कर बात कर रहा था। बीच-बीच में उसका चेहरा मेरी खिड़की की तरफ घूम जाता। ''मैं ऐसा क्यूँ समझूँ कि वह मुझे देख रहा है। मैंने नाश्ता किया और उठ गयी।'' मैंने सोचा, आज नदी के उस तरफ घूमा जाय। लकड़ी का पुल पार करके मैं पहाड़ी पर चढ़ गयी। सबसे ऊँची सीढ़ी पर खड़े होकर मैंने देखा, उस तरफ मेला लगा था। ढेर सारी छोटी-छोटी दुकानें...बच्चे, लोग दस्तकारी की चीजें खरीद रहे थे। Giant wheel भी था वहाँ। मैंने सोचा, कल इस मेले की सैर की जाय। एक लम्बा सा जवान आदमी बच्चों को गुब्बारे बाँट कर रहा था। ''Is he the same man? हो भी तो मुझे क्या? नहीं, वह नहीं होगा। उसको तो मैंने अभी उस तरफ देखा था।'' घूमती-घामती नीचे आयी। नदी गाँव के बीचोंबीच से निकलती थी। उससे बहुत-सी छोटी-छोटी नहरें निकल कर इधर-उधर जाती थीं। नाव में बैठ कर सारा शहर देखा। दिन ढलने लगा तो मैंने

नाववाले से कहा, मुझे बाजार के करीब उतार दो। कल वाला restaurant avoid करती हुई दूसरी जगह चली गयी। I dined on pizaa and wine. It was an Italian joint. "लगता है एक ही family चलाती है इसे।" Restaurant से बाहर निकली तो सामने magazine और अखबार का kiosk था। मैं उस तरफ बढ़ ही रही थी कि मैंने उसी आदमी को जाते हुए देखा, restaurant में। Kiosk से एक दो French magazines खरीदीं और apartment लौट गयी। "क्या यह आदमी मेरा पीछा कर रहा है? अगर नहीं तो दिन में तीन तीन बार क्यूँ दिखाई देता है? क्या चाहता है ये मुझसे? नहीं, ये आदमी ठीक नहीं है।"...मुझे घिन सी हो गयी। एक हिन्दुस्तानी लड़की, गाँव में अकेली घूमती हुई, इन लोगों ने शायद कम ही देखी हो। लोग मुझे कुछ अलग ही ढंग से treat करते हैं यहाँ। और फिर वो आदमी...मैंने सोचा, मैं कल ही निकल जाऊँगी यहाँ से। मैंने lamp बंद करके comforter मुँह पर खींच लिया। दम घुटने लगा तो उसे मुंह पर से हटा दिया। "Don't be paranoid,, Vaijayanti. Come on, कल तक तो तुम्हें ये सब लोग बड़े प्यारे लग रहे थे। आज अचानक अपने हिन्दुस्तानी होने का एहसास कैसे जाग गया? Paris में अकेली रही हो। ढेर सारे boy friends हैं तुम्हारे। कोई सती साध्वी तो हो नहीं। ठीक है, एक आदमी ने तुम्हें देख क्या लिया, दो बातें क्या कर लीं, बस डर गयीं। छोटी जगह है वैजयंती, थोड़े से लोग हैं यहाँ। एक ही आदमी का दो तीन बार मिल जाना कोई बड़ी बात नहीं। इस apartment का एक हफ्ते का किराया दे चुकी हो।" सोचते-सोचते मैं सो गई। अगले दिन का programme साफ था। शहर

के वो हिस्से घूमूँगी जिनको नाव से देखा था। कहीं भी निकल जाऊँगी। सड़क पर आते-आते मुझे लगा, यही तो वो पहाड़ी है जिसके उस तरफ मेला लगा है। मेरा जोग्राफिया गड्डमड्ड हो गया। "यह पहाड़ी तो वही हो सकती है जहाँ मेरा अपार्टमेंट है, क्या पता, न भी हो!" इस तरह के छोटे-छोटे गाँवों का अपना मजा है। आदमी चाह कर भी खो नहीं सकता। उस दिन मैं खूब घूमी। Programme के मुताबिक रात को मेले पर पहुँच गयी। बूढ़ा giant wheel का टिकट दे रहा था। बोला, हम बंद कर रहे हैं। सिर्फ एक चक्कर बाकी है, फिर बंद। मैंने कहा, एक चक्कर काफी है। टिकट लेकर झूले पर बैठ गयी। बूढ़े ने मेरी seat lock कर दी, saftey के लिए। झूला चला तो मैंने देखा, मैं अकेली हूँ उस पर। ऊपर पहुँची तो मैंने अपनी दूरबीन निकाली। सामने पहाड़ी पर apartments की कतार थी। मैं अपने apartment को खोजने लगी। मगर झूला धीरे-धीरे नीचे आकर रुक गया। To my surprise, there was nobody. The old man has locked the place and gone. The entire fair was closed for the day. I couldn't get out. I started kicking the shutter. The shutter never opened but the wheel slowly turned and now I was on top again. बिल्कुल अकेली। "Be tough, Vaijayanti." "Help! Help!" एक घंटा गुजर गया। कोई नहीं आया। "अब रात यहीं गुजारनी है। हिम्मत से काम लो, वैजयंती।" [She peeps through the binocular.] यह क्या? मैं अपना apartment lock करके निकली थी। हाँ, यह मेरा ही तो apartment है। [She quickly rummages the pockets of her jacket.] चाबी मेरे पास ही है। अरे फरनांडो! यह क्या कर रहा है मेरे apartment में? और

यह औरत...यह तो मैं हूँ। [Scared to death, she is trembling. Lets out a strange broken scream. She removes the binocular from her eyes and wipes them with her sleeves.] That's me. No mistake about it. Fernando is naked. His thick black penis is erect. He is undressing me, kissing me all over...I am in his arms. He is lifting me, carrying me to the bed...But I am here, Locked in my seat. Then who is that person? Me? Definitely so!! Then me...this side? Where am I? who am I? [She can't think anymore, collapses.]

ईश्वर : Split! There is a split here!!

सिमरन : मैं यह कहानी नहीं जानती। लेकिन ये जानती हूँ कि मैं यहाँ हूँ, इसी तरफ, तुम्हारे साथ, वैजयंती। मेरे लिए तुम हो। अगर तुम कहीं छूट गयी हो...तो मैं...तो मैं...

ईश्वर : The search proved futile. सिमरन नहीं मिली। We could never found out what happened to her. Vaijayanti flew back to Durban.कुछ दिन बाद मैं मुम्बई वापस आ गया।...सुना है, वैजयंती भी यहीं है। एक दिन शायद मैंने उसकी एक झलक देखी–कार में। बूढ़ी–सफ़ेद बाल तमाम। मिलने की कोशिश न मैंने कभी की, न उसने। युनिवर्सिटी खुल गयी है। नये students, नये सवाल...नया जोश। I think this is the only work place that renews itself every year...[Telephone rings. Ishwar's face changes.] Hello!

सिमरन : Hey! It's me. I am back.

ईश्वर : That's good.

सिमरन : That's good? What the heck do you mean? मैं नरक से गुजर कर वापस आयी हूँ। Bloody well...I fought demons...मैं कैसे पहुँची हूँ यहाँ तक...क्या क्या झेला है...सब बताने लगी तो कहानी खत्म ही नहीं होगी। और तुम सिर्फ...That's good? कह रहे हो? मैं तुम्हें मजा चखा दूँगी। That's good? लगता है सर फोड़ लूँ अपना।

ईश्वर : तुम कहाँ हो?

सिमरन : तुम्हें क्या लगता है? कहाँ हूँगी मैं? 3 feet x3 feet phone booth! आसपास सिर्फ बदबू। ऊपर चाँद लटक रहा है, प्लास्टिक का। तो मैं कहाँ हूँ, पता चला? मुझे भी नहीं। इसलिए यहाँ का पता मैं तुम्हें नहीं दे सकती। पास ही हूँ कहीं, पर पता नहीं।

ईश्वर : मैं आ रहा हूँ तुम्हें लेने। [He stands up.]

सिमरन : ठीक है। मुझे अच्छा लगेगा। Let me figure out where I am...थोड़ा रुको...मैं पता करती हूँ।

ईश्वर : मैं तुम्हें देखना चाहता हूँ सिमरन, अभी।

सिमरन : मैं भी। You are part of me stupid. मुझे पहले पता नहीं था, अब हो गया। कहीं पर...पता नही कहाँ...मैंने एक जिंदा चीज का गला काट दिया...चीन का दरवाजा बना सकती हूँ अब। समझ रहा है मैं क्या कह रही हूँ।

ईश्वर : I think so.

सिमरन : Then come and get me. [Click sound.]
[feeble voice] Come and get me.

●●●